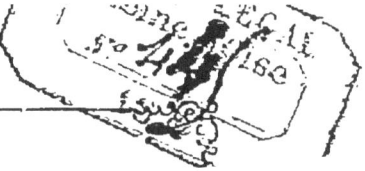

RÉSUMÉ

DE LA LOI DES

PHÉNOMÈNES

SPIRITES

PAR

ALLAN KARDEC

Auteur du *Livre des Esprits* et Fondateur de la *Revue spirite*.

Hors la charité point de salut.

SIXIÈME ÉDITION

Prix : **10 centimes**

PARIS

A LA LIBRAIRIE SPIRITE

7, RUE DE LILLE, 7

1876

OUVRAGES DU MÊME AUTEUR :

LE SPIRITISME A SA PLUS SIMPLE EXPRESSION, exposé sommaire de l'enseignement des Esprits et de leurs manifestations. — Une brochure in-12 de 36 pages, 20e édition. Prix : 15 c.

QU'EST-CE QUE LE SPIRITISME ? Introduction à la connaissance du monde invisible ou des Esprits, contenant les principes fondamentaux de la doctrine spirite, et la réponse à quelques objections préjudicielles. 1 vol. in-12, 8e édition considérablement augmentée. Prix : 1 fr.

LE LIVRE DES ESPRITS, contenant les principes de la Doctrine spirite; sur l'immortalité de l'âme, la nature des Esprits et leurs rapports avec les hommes; les lois morales; la vie présente, la vie future et l'avenir de l'humanité selon l'enseignement donné par les Esprits supérieurs à l'aide de divers médiums. 21e édition. 1 fort vol. in-12. Prix : 3 fr. 50.

LE LIVRE DES MÉDIUMS (*Partie expérimentale*). — Guide des médiums et des évocateurs; contenant l'enseignement spécial des Esprits sur la théorie de tous les genres de manifestations, les moyens de communiquer avec le monde invisible et de développer la faculté médianimique, les difficultés et les écueils que l'on peut rencontrer dans la pratique du Spiritisme. 13e édition. 1 fort vol. in-12 de 500 pages. Prix : 3 fr. 50 c. *franco*.

L'ÉVANGILE SELON LE SPIRITISME (*Partie morale*). — Contenant l'explication des maximes morales du Christ, leur concordance avec le Spiritisme, et leur application aux diverses positions de la vie. 17e édition. 1 vol. in-12. Prix : 3 fr. 50 c. *franco*.

LE CIEL ET L'ENFER, ou *la Justice divine selon le Spiritisme*. — Contenant l'examen des doctrines comparées sur la mort, le ciel, l'enfer et le purgatoire; de celles des anges et des démons; et de nombreux exemples sur les diverses situations heureuses ou malheureuses des Esprits dans le monde spirituel et sur la terre. 2e édition. 1 fort volume in-12. Prix : 3 fr. 50 c. *franco*.

LA GENÈSE. Les miracles et les prédictions selon le Spiritisme. 16e édition. 1 vol. in-12. Prix : 3 fr. 50 c. *franco*.

LES DEUX SŒURS ET LA MÉDIUMNITÉ AU VERRE D'EAU. Deux ouvrages à 3 fr. chaque, obtenus par le médium Mme BOURDIN de Genève.

RÉSUMÉ DE LA LOI

DES

PHÉNOMÈNES SPIRITES

———

OBSERVATIONS PRÉLIMINAIRES

Les personnes étrangères au Spiritisme, n'en comprenant
ni le but ni les moyens, s'en font presque toujours une idée
complétement fausse. Ce qui leur manque surtout, c'est la
connaissance du principe, la clef première des phénomènes;
faute de cela, ce qu'elles voient et ce qu'elles entendent est
sans profit, et même sans intérêt pour elles. Il est un fait
acquis à l'expérience, c'est que la vue seule ou le récit des
phénomènes ne suffit point pour convaincre. Celui même
qui est témoin de faits capables de le confondre est plus
étonné que convaincu; plus l'effet lui semble extraordinaire,
plus il le suspecte. Une étude préalable sérieuse peut seule
amener la conviction; souvent même elle suffit pour chan-
ger entièrement le cours des idées. Dans tous les cas, elle

est indispensable pour l'intelligence des phénomènes les plus simples. A défaut d'une instruction complète, un résumé succinct de la loi qui régit les manifestations suffira pour faire envisager la chose sous son véritable jour par les personnes qui n'y sont point encore initiées. C'est ce premier jalon que nous donnons dans la petite instruction ci-après.

Cette instruction est surtout faite en vue des personnes qui ne possèdent aucune notion du Spiritisme. Dans les groupes ou réunions spirites, où se trouvent des assistants novices, elle peut utilement servir de préambule aux séances, selon les besoins.

I. — DES ESPRITS.

1. Le Spiritisme est à la fois une science d'observation et une doctrine philosophique. Comme science pratique, il consiste dans les relations que l'on peut établir avec les Esprits; comme philosophie, il comprend toutes les conséquences morales qui découlent de ces relations.

2. Les Esprits ne sont point, comme on se le figure souvent, des êtres à part dans la création; ce sont les âmes de ceux qui ont vécu sur la terre ou dans d'autres mondes. Les âmes ou Esprits sont donc une seule et même chose; d'où il suit que quiconque croit à l'existence de l'âme croit, par cela même, à celle des Esprits. Nier les Esprits serait nier l'âme.

3. On se fait généralement une idée très-fausse de l'état des Esprits; ce ne sont point, comme quelques-uns le croient, des êtres vagues et indéfinis, ni des flammes comme les feux follets, ni des fantômes comme dans les contes de revenants. Ce sont des êtres semblables à nous, ayant un corps comme le nôtre, mais fluidique et invisible dans l'état normal.

4. Lorsque l'âme est unie au corps pendant la vie, elle a une double enveloppe : l'une lourde, grossière et destructible qui est le corps; l'autre fluidique, légère et indes-

tructible appelée *périsprit*. Le périsprit est le lien qui unit l'âme et le corps; c'est par son intermédiaire que l'âme fait agir le corps, et qu'elle perçoit les sensations éprouvées par le corps.

L'union de l'âme, du périsprit et du corps matériel constitue *l'homme*; l'âme et le périsprit séparés du corps constituent l'être appelé *Esprit*.

5. La mort est la destruction de l'enveloppe corporelle; l'âme abandonne cette enveloppe, comme on quitte un vêtement usé, ou comme le papillon quitte sa chrysalide; mais elle conserve son corps fluidique ou périsprit.

La mort du corps débarrasse l'Esprit de l'enveloppe qui l'attachait à la terre et le faisait souffrir; une fois délivré de ce fardeau, il n'a plus que son corps éthéré qui lui permet de parcourir l'espace et de franchir les distances avec la rapidité de la pensée.

6. Les Esprits peuplent l'espace; ils constituent le monde invisible qui nous entoure, au milieu duquel nous vivons, et avec lequel nous sommes sans cesse en contact.

7. Les Esprits ont toutes les perceptions qu'ils avaient sur la terre, mais à un plus haut degré, parce que leurs facultés ne sont pas amorties par la matière; ils ont des sensations qui nous sont inconnues; ils voient et entendent des choses que nos sens limités ne nous permettent ni de voir ni d'entendre. Pour eux il n'y a point d'obscurité, sauf ceux dont la punition est d'être temporairement dans les ténèbres. Toutes nos pensées se répercutent en eux, et ils y lisent comme dans un livre ouvert; de sorte que ce que nous pouvions cacher à quelqu'un de son vivant, nous ne le pouvons plus dès qu'il est Esprit.

8. Les Esprits conservent les affections sérieuses qu'ils avaient sur la terre; ils se plaisent à revenir vers ceux

qu'ils ont aimés, surtout lorsqu'ils y sont attirés par la pensée et les sentiments affectueux qu'on leur porte, tandis qu'ils sont indifférents pour ceux qui n'ont pour eux que de l'indifférence.

9. Une idée à peu près générale chez les personnes qui ne connaissent pas le Spiritisme est de croire que les Esprits, par cela seul qu'ils sont dégagés de la matière, doivent tout savoir et posséder la souveraine sagesse. C'est là une erreur grave.

Les Esprits n'étant que les âmes des hommes, celles-ci n'ont point acquis la perfection en quittant leur enveloppe terrestre. Le progrès de l'Esprit ne s'accomplit qu'avec le temps, et ce n'est que successivement qu'il se dépouille de ses imperfections, qu'il acquiert les connaissances qui lui manquent. Il serait aussi illogique d'admettre que l'Esprit d'un sauvage ou d'un criminel devient tout à coup savant et vertueux, qu'il serait contraire à la justice de Dieu de penser qu'il restera perpétuellement dans son infériorité.

Comme il y a des hommes de tous les degrés de savoir et d'ignorance, de bonté et de méchanceté, il en est de même des Esprits. Il y en a qui ne sont que légers et espiègles, d'autres sont menteurs, fourbes, hypocrites, méchants, vindicatifs; d'autres, au contraire, possèdent les vertus les plus sublimes et le savoir à un degré inconnu sur la terre. Cette diversité dans la qualité des Esprits est un des points les plus importants à considérer, car elle explique la nature bonne ou mauvaise des communications que l'on reçoit; c'est à les distinguer qu'il faut surtout s'attacher. (*Livre des Esprits*, n° 100, *Échelle spirite.—Livre des Médiums*, chap. xxiv.)

II. — MANIFESTATIONS DES ESPRITS.

10. Les Esprits peuvent se manifester de bien des manières différentes : par la vue, par l'audition, par le tou-
cher, par des bruits, le mouvement des corps, l'écriture,
le dessin, la musique, etc. Ils se manifestent par l'intermédiaire de personnes douées d'une aptitude spéciale pour
chaque genre de manifestation, et que l'on distingue sous
le nom de *médiums*. C'est ainsi qu'on distingue les médiums voyants, parlants, auditifs, sensitifs, à effets physiques, dessinateurs, typteurs, écrivains, etc. Parmi les médiums écrivains il y a des variétés nombreuses, selon la
nature des communications qu'ils sont aptes à recevoir.

11. Le fluide qui compose le périsprit pénètre tous les
corps et les traverse comme la lumière traverse les corps
transparents; aucune matière ne lui fait obstacle. C'est
pour cela que les Esprits pénètrent partout, dans les en-
droits le plus hermétiquement clos; c'est une idée ridicule
de croire qu'ils s'introduisent par une petite ouverture,
comme le trou d'une serrure ou le tuyau de la cheminée.

12. Le périsprit, quoique invisible pour nous dans l'état
normal, n'en est pas moins une matière éthérée. L'Esprit
peut, dans certains cas, lui faire subir une sorte de modi-
fication moléculaire qui le rende visible et même tangible;
c'est ainsi que se produisent les apparitions. Ce phénomène

n'est pas plus extraordinaire que celui de la vapeur qui est invisible quand elle est très-raréfiée, et qui devient visible quand elle est condensée.

Les Esprits qui se rendent visibles se présentent presque toujours sous les apparences qu'ils avaient de leur vivant, et qui peut les faire reconnaître.

13. C'est à l'aide de son périsprit que l'Esprit agissait sur son corps vivant; c'est encore avec ce même fluide qu'il se manifeste en agissant sur la matière inerte, qu'il produit les bruits, les mouvements de tables et autres objets qu'il soulève, renverse ou transporte. Ce phénomène n'a rien de surprenant si l'on considère que, parmi nous, les plus puissants moteurs se trouvent dans les fluides les plus raréfiés et même impondérables, comme l'air, la vapeur et l'électricité.

C'est également à l'aide de son périsprit que l'Esprit fait écrire, parler ou dessiner les médiums; n'ayant pas de corps tangible pour agir ostensiblement quand il veut se manifester, il se sert du corps du médium dont il emprunte les organes qu'il fait agir comme si c'était son propre corps, et cela par l'effluve fluidique qu'il déverse sur lui.

14. Dans le phénomène désigné sous le nom de *tables mouvantes ou parlantes*, c'est par le même moyen que l'Esprit agit sur la table, soit pour la faire mouvoir sans signification déterminée, soit pour lui faire frapper des coups intelligents indiquant les lettres de l'alphabet, pour former des mots et des phrases, phénomène désigné sous le nom de *typtologie*. La table n'est ici qu'un instrument dont il se sert, comme il le fait du crayon pour écrire; il lui donne une vitalité momentanée par le fluide dont il la pénètre, mais il ne s'identifie point avec elle. Les personnes qui, dans leur émotion, en voyant se manifester un être qui leur est cher, embrassent la table, font un acte ridi-

cule, car c'est absolument comme si elles embrassaient le
bâton dont un ami se sert pour frapper des coups. Il en est
de même de celles qui adressent la parole à la table,
comme si l'Esprit était enfermé dans le bois, ou comme si
le bois était devenu Esprit.

Lorsque des communications ont lieu par ce moyen, il
faut se représenter l'Esprit, non dans la table, mais à côté,
tel qu'il était de son vivant, et tel qu'on le verrait si, à ce
moment, il pouvait se rendre visible. La même chose a lieu
dans les communications par l'écriture; on verrait l'Esprit
à côté du médium, dirigeant sa main, ou lui transmettant
sa pensée par un courant fluidique.

15. Lorsque la table se détache du sol et flotte dans l'es
pace sans point d'appui, l'Esprit ne la soulève pas à force
de bras, mais l'enveloppe et la pénètre d'une sorte d'atmo-
sphère fluidique qui neutralise l'effet de la gravitation,
comme le fait l'air pour les ballons et les cerfs-volants. Le
fluide dont elle est pénétrée lui donne momentanément une
légèreté spécifique plus grande. Lorsqu'elle est clouée au
sol, elle est dans un cas analogue à celui de la cloche
pneumatique sous laquelle on fait le vide. Ce ne sont ici
que des comparaisons pour montrer l'analogie des effets,
et non la similitude absolue des causes.

On comprend, d'après cela, qu'il n'est pas plus difficile à
l'Esprit d'enlever une personne que d'enlever une table, de
transporter un objet d'un endroit à un autre, ou de le lan-
cer quelque part; ces phénomènes se produisent par la
même loi.

Lorsque la table poursuit quelqu'un, ce n'est pas l'Esprit
qui court, car il peut rester tranquillement à la même
place, mais qui lui donne l'impulsion par un courant fluidique à l'aide duquel il la fait mouvoir à son gré.

Lorsque des coups se font entendre dans la table ou ailleurs, l'Esprit ne frappe ni avec sa main, ni avec un objet

quelconque; il dirige sur le point d'où part le bruit, un jet de fluide qui produit l'effet d'un choc électrique. Il modifie le bruit, comme on peut modifier les sons produits par l'air.

16. L'obscurité nécessaire à la production de certains effets *physiques* prête sans doute à la suspicion et à la fraude, mais ne prouve rien contre la possibilité du fait. On sait qu'en chimie il est des combinaisons qui ne peuvent s'opérer à la lumière; que des compositions et des décompositions ont lieu sous l'action du fluide lumineux; or, tous les phénomènes spirites étant le résultat de la combinaison des fluides propres de l'Esprit et du médium, et ces fluides étant de la matière, il n'y a rien d'étonnant à ce que, dans certains cas, le fluide lumineux soit contraire à cette combinaison.

17. Les Esprits supérieurs ne s'occupent que des communications intelligentes en vue de notre instruction; les manifestations physiques ou purement matérielles sont plus spécialement dans les attributions des Esprits inférieurs, vulgairement désignés sous le nom d'*Esprits frappeurs*, comme, parmi nous, les tours de force sont le fait des saltimbanques et non des savants.

18. Les Esprits sont libres; ils se manifestent quand ils veulent, à qui il leur convient, et aussi quand ils le peuvent, car ils n'en ont pas toujours la possibilité. *Ils ne sont aux ordres et au caprice de qui que ce soit, et il n'est donné à personne de les faire venir contre leur gré, ni de leur faire dire ce qu'ils veulent taire;* de sorte que nul ne peut affirmer qu'un Esprit quelconque viendra à son appel à un moment déterminé, ou répondra à telle ou telle question. Dire le contraire, c'est prouver l'ignorance absolue des principes les plus élémentaires du Spiritisme; *le charlatanisme seul a des sources infaillibles.*

19. Il est des personnes qui obtiennent régulièrement et en quelque sorte à volonté la production de certains phénomènes; mais il est à remarquer que ce sont toujours des effets purement physiques, plus curieux qu'instructifs, et qui se produisent constamment dans des conditions analogues. Les circonstances dans lesquelles ils s'obtiennent sont de nature à inspirer des doutes d'autant plus légitimes sur leur réalité qu'ils sont généralement l'objet d'une exploitation, et qu'il est souvent difficile de distinguer la médiumnité réelle de la prestidigitation. Des phénomènes de ce genre peuvent cependant être le produit d'une médiumnité véritable, car il se peut que des Esprits de bas étage, qui peut-être ont fait ce métier de leur vivant, se complaisent à ces sortes d'exhibitions; mais il serait absurde de penser que des Esprits tant soit peu élevés s'amusent à faire la parade.

Ceci n'infirme nullement le principe de la liberté des Esprits; ceux qui viennent ainsi le font *parce que cela leur plaît*, mais non parce qu'ils y sont contraints, et du moment où il ne leur conviendrait pas de venir, si l'individu est vraiment médium, aucun effet ne se produira. Les plus puissants médiums à-effets physiques ou autres, ont des temps d'interruption indépendants de leur volonté; les charlatans n'en ont jamais.

Du reste, ces phénomènes, en les supposant réels, ne sont qu'une application *très-partielle* de la loi qui régit les rapports du monde corporel avec le monde spirituel, mais ne *constituent pas le spiritisme*; de sorte que leur négation n'infirmerait en rien les principes généraux de la doctrine.

20. Certaines manifestations spirites se prêtent assez facilement à une imitation plus ou moins grossière; mais de ce qu'elles ont pu être exploitées, comme tant d'autres phénomènes, par la jonglerie et la prestidigitation, il serait absurde d'en conclure qu'elles n'existent pas. Pour celui qui

a étudié et qui connaît les conditions normales dans lesquelles elles peuvent se produire, il est aisé de distinguer l'imitation de la réalité ; l'imitation, du reste, ne saurait jamais être complète et ne peut abuser que l'ignorant incapable de saisir les nuances caractéristiques du phénomène véritable.

21. Les manifestations qu'il est le plus facile d'imiter sont certains effets physiques, et les effets intelligents vulgaires, tels que les mouvements, les coups frappés, les apports, l'écriture directe, les réponses banales, etc.; il n'en est pas de même des communications intelligentes d'une haute portée ou de la révélation de choses notoirement inconnues du médium; pour imiter les premiers, il ne faut que de l'adresse; pour simuler les autres, il faudrait presque toujours une instruction peu commune, une supériorité intellectuelle hors ligne et une faculté d'improvisation pour ainsi dire universelle, ou le don de la divination.

22. Les productions de spectres sur les théâtres ont été présentées à tort comme ayant des rapports avec l'apparition des Esprits, dont elles ne sont qu'une grossière et imparfaite imitation. Il faut ignorer les premiers éléments du Spiritisme pour y voir la moindre analogie, et croire que c'est à cela qu'on s'occupe dans les réunions spirites. Les Esprits ne se rendent visibles au commandement de personne, mais de leur propre volonté, et dans des conditions spéciales qu'il n'est au pouvoir de qui que ce soit de provoquer.

23. Les évocations spirites ne consistent point, comme quelques-uns se le figurent, à faire revenir les morts avec l'appareil lugubre de la tombe. Ce n'est que dans les romans, dans les contes fantastiques de revenants et au théâtre qu'on voit les morts déchar̃ sortir de leurs sépulcres,

affublés de linceuls et faisant claquer leurs os. Le Spiritisme, qui n'a jamais fait de miracles, n'a pas plus fait celui-là que d'autres, et jamais il n'a fait revivre un corps mort; quand le corps est dans la fosse, il y est bien définitivement; mais l'être spirituel, fluidique, intelligent n'y a point été mis avec son enveloppe grossière; il s'en est séparé au moment de la mort, et une fois la séparation opérée il n'a plus rien de commun avec elle.

24. La critique malveillante s'est plu à représenter les communications spirites comme entourées des pratiques ridicules et superstitieuses de la magie et de la nécromancie. Nous dirons simplement qu'il n'y a, pour communiquer avec les Esprits, ni jours, ni heures, ni lieux plus propices les uns que les autres; qu'il ne faut, pour les évoquer, ni formules, ni paroles sacramentelles ou cabalistiques; qu'il n'est besoin d'aucune préparation ni d'aucune initiation; que l'emploi de tout signe ou objet matériel, soit pour les attirer, soit pour les repousser, est sans effet et que la pensée suffit; enfin que les médiums reçoivent leurs communications aussi simplement et aussi naturellement que si elles étaient dictées par une personne vivante sans sortir de l'état normal. Le charlatanisme seul pourrait affecter des manières excentriques et ajouter des accessoires ridicules.

L'appel des Esprits se fait au nom de Dieu, avec respect et recueillement; c'est la seule chose qui soit recommandée aux gens sérieux qui veulent avoir des rapports avec des Esprits sérieux.

25. Les communications intelligentes que l'on reçoit des Esprits peuvent être bonnes ou mauvaises, justes ou fausses, profondes ou légères, selon la nature des Esprits qui se manifestent. Ceux qui prouvent de la sagesse et du savoir sont des Esprits avancés qui ont progressé; ceux qui prouvent de l'ignorance et de mauvaises qualités sont des Es-

prits encore arriérés, mais chez qui le progrès se fera avec le temps.

Les Esprits ne peuvent répondre que sur ce qu'ils savent, selon leur avancement, et, de plus, sur ce qu'il leur est permis de dire, car il est des choses qu'ils ne doivent pas révéler, parce qu'il n'est pas encore donné aux hommes de toutconnaître.

26. De la diversité dans les qualités et les aptitudes des Esprits, il résulte qu'il ne suffit pas de s'adresser à un Esprit quelconque pour avoir une réponse juste à toute question, car, sur beaucoup de choses, il ne peut donner que *son opinion personnelle,* qui peut être juste ou fausse. S'il est sage, il avouera son ignorance sur ce qu'il ne sait pas ; s'il est léger ou menteur, il répondra sur tout sans se soucier de la vérité ; s'il est orgueilleux, il donnera son idée comme une vérité absolue. Il y aurait donc imprudence et légèreté à accepter sans contrôle tout ce qui vient des Esprits. C'est pourquoi il est essentiel d'être édifié sur la nature de ceux auxquels on a affaire. (*Livre des Médiums,* nº 267.)

27. On reconnaît la qualité des Esprits à leur langage ; celui des Esprits vraiment bons et supérieurs est toujours digne, noble, logique, exempt de contradiction ; il respire la sagesse, la bienveillance, la modestie et la morale la plus pure ; il est concis et sans paroles inutiles. Chez les Esprits inférieurs, ignorants ou orgueilleux, le vide des idées est presque toujours compensé par l'abondance des paroles. Toute pensée évidemment fausse, toute maxime contraire à la saine morale, tout conseil ridicule, toute expression grossière, triviale ou simplement frivole, enfin toute marque de malveillance, de présomption ou d'arrogance sont des signes incontestables d'infériorité chez un Esprit.

28. Le but providentiel des manifestations est de con‑
vaincre les incrédules que tout ne finit pas pour l'homme
avec la vie terrestre, et de donner aux croyants des idées
plus justes sur l'avenir. Les bons Esprits viennent nous in‑
struire en vue de notre amélioration et de notre avance‑
ment, et non pour nous révéler ce que nous ne devons pas
encore savoir, ou ce que nous ne devons apprendre que par
notre travail. S'il suffisait d'interroger les Esprits pour ob‑
tenir la solution de toutes les difficultés scientifiques, ou
pour faire des découvertes et des inventions lucratives, tout
ignorant pourrait devenir savant à bon marché, et tout pa‑
resseux pourrait s'enrichir sans peine; c'est ce que Dieu
ne veut pas. Les Esprits aident l'homme de génie par l'in‑
spiration occulte, mais ne l'exemptent ni du travail, ni des
recherches, afin de lui en laisser le mérite.

29. Ce serait avoir une idée bien fausse des Esprits que
de voir en eux les auxiliaires des diseurs de bonne aven‑
ture; les Esprits sérieux refusent de s'occuper des choses
futiles; les Esprits légers et moqueurs s'occupent de tout,
répondent à tout, *prédisent tout ce qu'on veut*, sans s'inquié‑
ter de la vérité, et se font un malin plaisir de mystifier les
gens trop crédules; c'est pourquoi il est essentiel d'être
parfaitement fixé sur la nature des questions qu'on peut
adresser aux Esprits. (*Livre des Médiums*, n° 286 : Questions
qu'on peut adresser aux Esprits.)

30. Les manifestations ne sont donc point destinées à
servir les intérêts matériels, dont le soin est laissé à l'in‑
telligence, au jugement et à l'activité de l'homme. Ce serait
en vain qu'on tenterait de les employer pour connaître l'a‑
venir, découvrir des trésors cachés, recouvrer des héritages,
ou trouver des moyens de s'enrichir. Leur utilité est dans
les conséquences morales qui en découlent; mais n'eus‑
sent-elles pour résultat que de faire connaître une nouvelle

loi de la nature, de démontrer matériellement l'existence de
l'âme et son immortalité, ce serait déjà beaucoup, car ce
serait une large voie nouvelle ouverte à la philosophie.

31. On peut voir, par ce peu de mots, que les manifestations spirites, de quelque nature qu'elles soient, n'ont rien
de surnaturel ni de merveilleux. Ce sont des phénomènes
qui se produisent en vertu de la loi qui régit les rapports du
monde corporel et du monde spirituel, loi tout aussi natu-
relle que celle de l'électricité, de la gravitation, etc. Le Spiritisme est la science qui nous fait connaître cette loi, comme
la mécanique nous fait connaître la loi du mouvement, l'op-
tique celle de la lumière. Les manifestations spirites, étant
dans la nature, se sont produites à toutes les époques; la
loi qui les régit étant connue nous explique une foule de
problèmes regardés comme insolubles; c'est la clef d'une
multitude de phénomènes exploités et amplifiés par la su-
perstition.

32. Le merveilleux étant complétement écarté, ces phénomènes n'ont plus rien qui répugne à la raison, car ils
viennent prendre place à côté des autres phénomènes natu-
rels. Dans les temps d'ignorance, tous les effets dont on
ne connaissait pas la cause étaient réputés surnaturels;
les découvertes de la science ont successivement restreint le
cercle du merveilleux; la connaissance de cette nouvelle loi
vient le réduire à néant. Ceux donc qui accusent le Spiritisme de ressusciter le merveilleux prouvent par cela
même qu'ils parlent d'une chose qu'ils ne connaissent pas.

III. — Des Médiums.

33. Le médium ne possède que la faculté de communiquer, mais la communication effective dépend de la volonté des Esprits. Si les Esprits ne veulent pas se manifester, le médium n'obtient rien; il est comme un instrument sans musicien.

34. La facilité des communications dépend du degré d'*affinité* qui existe entre les fluides du médium et de l'Esprit. Chaque médium est ainsi plus ou moins apte à recevoir l'*impression* ou *impulsion* de la pensée de tel ou tel Esprit; il peut être un bon instrument pour l'un et un mauvais pour un autre. Il en résulte que, deux médiums également bien doués étant à côté l'un de l'autre, un Esprit pourra se manifester par l'un et non par l'autre.

C'est donc une erreur de croire qu'il suffit d'être médium pour recevoir avec une égale facilité des communications de tout Esprit. Il n'existe pas de médiums universels. Les Esprits recherchent de préférence les instruments qui vibrent à leur unisson.

Sans l'harmonie, qui seule peut amener l'assimilation fluidique, les communications sont impossibles, incomplètes ou fausses. Elles peuvent être fausses, parce qu'à défaut de l'Esprit désiré il n'en manque pas d'autres prêts à saisir l'occasion de se manifester, et qui se soucient fort peu de dire la vérité.

35. Un des plus grands écueils de la médiumnité, c'est l'*obsession*, c'est-à-dire l'empire que certains Esprits peuvent exercer sur les médiums, en s'imposant à eux sous les noms apocryphes et en les empêchant de communiquer avec d'autres Esprits.

36. Ce qui constitue le médium proprement dit, c'est la faculté; sous ce rapport, il peut être plus ou moins formé, plus ou moins développé. Ce qui constitue le médium *sûr*, celui qu'on peut véritablement qualifier de *bon médium*, c'est l'application de la faculté, l'aptitude à servir d'interprète aux bons Esprits. (*Livre des Médiums*, chap. XXIII.)

37. La médiumnité est une faculté essentiellement mobile et fugitive, par la raison qu'elle est subordonnée à la volonté des Esprits; c'est pour cela qu'elle est sujette à des intermittences. Ce motif, et le principe même d'après lequel s'établit la communication, sont des obstacles à ce qu'elle devienne une profession lucrative, puisqu'elle ne saurait être ni permanente, ni applicable à tous les Esprits, et qu'elle peut faire défaut au moment où l'on en aurait besoin. Il n'est pas rationnel d'ailleurs d'admettre que des Esprits *sérieux* se mettent à la disposition du premier venu qui voudrait les exploiter.

38. La propension des incrédules est généralement de suspecter la bonne foi des médiums, et de supposer l'emploi de moyens frauduleux. Outre qu'à l'égard de certaines personnes cette supposition est injurieuse, il faut avant tout se demander quel intérêt elles pourraient avoir à tromper et à jouer ou faire jouer la comédie. La meilleure garantie de sincérité est dans le désintéressement absolu, car là où

il n'y a rien à gagner le charlatanisme n'a pas de raison d'être.

Quant à la réalité des phénomènes, chacun peut la constater, si l'on se place dans les conditions favorables, et si l'on apporte à l'observation des faits la patience, la persévérance et l'impartialité nécessaires.

IV. — DES RÉUNIONS SPIRITES.

39. Les Esprits sont attirés par la sympathie, la similitude des goûts et des caractères, l'intention qui fait désirer leur présence. Les Esprits supérieurs ne vont pas plus dans les réunions futiles qu'un savant de la terre n'irait dans une assemblée de jeunes étourdis. Le simple bon sens dit qu'il n'en peut être autrement; ou, s'ils y vont parfois, c'est pour donner un conseil salutaire, combattre les vices, tâcher de ramener dans la bonne voie; s'ils ne sont pas écoutés, ils se retirent. Ce serait avoir une idée complétement fausse de croire que des Esprits sérieux puissent se complaire à répondre à des futilités, à des questions oiseuses qui ne prouvent ni attachement ni respect pour eux, ni désir réel de s'instruire, et encore moins qu'ils puissent venir se mettre en spectacle pour l'amusement des curieux. Ils ne l'eussent pas fait de leur vivant, ils ne peuvent le faire après leur mort.

40. La frivolité des réunions a pour résultat d'attirer les Esprits légers qui ne cherchent que les occasions de tromper et de mystifier. Par la même raison que les hommes graves et sérieux ne vont pas dans les assemblées légères, les Esprits sérieux ne vont que dans les réunions sérieuses dont le but est l'instruction et non la curiosité; c'est dans les réunions de ce genre que les Esprits supérieurs se plaisent à donner leurs enseignements.

41. De ce qui précède il résulte que toute réunion spi-

rite, pour être profitable, doit, comme première condition, être sérieuse et recueillie; que tout doit s'y passer respectueusement, religieusement et avec dignité, si l'on veut obtenir le concours habituels des bons Esprits. Il ne faut pas oublier que, si ces mêmes Esprits s'y fussent présentés de leur vivant, on aurait eu pour eux des égards auxquels ils ont encore plus de droit après leur mort.

42. En vain allègue-t-on l'utilité de certaines expériences curieuses, frivoles et amusantes, pour convaincre les incrédules : c'est à un résultat tout opposé qu'on arrive. L'incrédule, déjà porté à se railler des croyances les plus sacrées, ne peut voir une chose sérieuse dans ce dont on fait une plaisanterie; il ne peut être porté à respecter ce qui ne lui est pas présenté d'une manière respectable; aussi des réunions futiles et légères, de celles où il n'y a ni ordre, ni gravité, ni recueillement, il emporte toujours une mauvaise impression. Ce qui peut surtout le convaincre, c'est la preuve de la présence d'êtres dont la mémoire lui est chère; c'est devant leurs paroles graves et solennelles, c'est devant les révélations intimes qu'on le voit s'émouvoir et pâlir. Mais, par cela même qu'il a plus de respect, de vénération, d'attachement pour la personne dont l'âme se présente à lui, il est choqué, scandalisé de la voir venir dans une assemblée irrespectueuse, au milieu des tables qui dansent et des lazzis des Esprits légers; tout incrédule qu'il est, sa conscience repousse cette alliance du sérieux et du frivole, du religieux et du profane, c'est pourquoi il taxe tout cela de jonglerie, et sort souvent moins convaincu qu'il n'était entré.

Les réunions de cette nature font toujours plus de mal que de bien, car elles éloignent de la doctrine plus de personnes qu'elles n'y en amènent, sans compter qu'elles prêtent le flanc à la critique des détracteurs qui y trouvent des motifs fondés de raillerie.

OUVRAGES FONDAMENTAUX SUR LA DOCTRINE SPIRITE

par ALLAN KARDEC

Le livre des Esprits (Partie philosophique), contenant les principes de la doctrine spirite; 16e édition. 1 vol. in-12, 3 fr. 50.

Le livre des Médiums (Partie expérimentale). Guide des médiums et des évocateurs, contenant la théorie de tous les genres de manifestations. 1 vol. in-12, 11e édition, 3 fr. 50.

L'Évangile selon le Spiritisme (Partie morale), contenant l'explication des maximes morales du Christ, leur application et leur concordance avec le Spiritisme. 1 vol. in-12, 4e édition, 3 fr. 50.

Le Ciel et l'Enfer, ou *la justice divine selon le Spiritisme*, contenant de nombreux exemples sur la situation des Esprits dans le monde spirituel et sur la terre. 1 vol. in-12, 4e édit., 3 fr. 50.

La Genèse, les Miracles et les Prédictions *selon le Spiritisme.* 1 vol. in-12, 3e édition, 3 fr. 50.

ABRÉGÉS

Qu'est-ce que le Spiritisme ? Introduction à la connaissance du monde invisible ou des Esprits. 1 vol. in-12, 6e édition, 1 fr.; par la poste, 1 fr. 20.

Le Spiritisme à sa plus simple expression, exposé sommaire de l'enseignement des Esprits et de leurs manifestations. Brochure in-18 de 36 pages, 15 cent.; vingt exemplaires, 2 fr.; par la poste, 2 fr. 60.

Résumé de la loi des phénomènes spirites. Brochure in-18, 0 fr. 10 cent.; par la poste, 0 fr. 15 cent.

Caractères de la Révélation spirite. Brochure in-18, 15 cent.; vingt exemplaires, 2 fr.; par la poste, 2 fr. 60.

Voyage spirite en 1862. Brochure in-8o, 1 fr.

Revue spirite, *Journal d'études psychologiques,* paraissant chaque mois depuis le 1er janvier 1858, par livraisons de deux feuilles au moins, grand in-8o. — Prix, pour la France et l'Algérie, 10 fr. par an; étranger, 12 fr.; pays d'outre-mer, 14 fr. — On ne s'abonne pas pour moins d'un an. Les abonnements partent du 1er janvier de chaque année.

On peut se procurer tous les numéros séparément, depuis le commencement. Prix de chaque numéro, 1 fr.

Collections de la Revue spirite depuis 1858. Chaque année forme un fort volume grand in-8o broché, avec titre spécial, table générale et couverture imprimée. Prix, 7 fr. le volume. Bureaux : Paris, 7, rue de Lille.

La raison du Spiritisme, par Michel BONNAMY, juge d'instruction, membre du congrès scientifique de France, ancien membre du conseil général de Tarn-et-Garonne. 1 vol. in-12, 3 fr.; par la poste, 3 fr. 40.

REVUE SPIRITE

Journal d'études psychologiques

Fondé par M. ALLAN KARDEC

Contenant : le récit des manifestations matérielles ou intelligentes des Esprits; apparitions, évocations, ainsi que toutes les nouvelles relatives au Spiritisme. L'enseignement des Esprits sur les choses du monde visible ou invisible, sur les sciences, la morale, l'immortalité de l'âme, la nature de l'homme et son avenir. — L'histoire du Spiritisme dans l'antiquité; ses rapports avec le magnétisme et le somnambulisme; l'explication des légendes et croyances populaires, de la mythologie de tous les peuples. — Les travaux de la *Société parisienne des études spirites*, fondée le 1er avril 1858.

La *Revue spirite* paraît tous les mois, par cahier de 32 pages au moins, depuis le 1er janvier 1858, formant à la fin de l'année un fort vol. grand in-8, avec titre et couverture, contenant la matière de trois volumes ordinaires.

Prix de l'abonnement : France et Algérie, 10 fr. par an; étranger, 12 fr.; Amérique et pays d'outre-mer, 14 fr. — Tous les abonnements partent du 1er janvier. On ne s'abonne pas pour moins d'un an.

On s'abonne à Paris à la librairie spirite, 7, rue de Lille, et par l'entremise de tous les libraires et directeurs de poste.

On ne reçoit que les lettres affranchies.

Pour les personnes hors de Paris, il suffit d'envoyer un mandat sur la poste, ou une traite sur Paris, à l'ordre de M. Leymarie, 7, rue de Lille. On ne fait point traite sur les souscripteurs pour le prix de l'abonnement.

On peut se procurer la collection de la *Revue* des années 1858 à 1869. — Prix, chaque année séparément, 5 fr. au lieu de 10 fr.

Nota. La Revue spirite a commencé sa 16e année le 1er janvier 1876.

LES SECRETS D'HERMÈS

PHYSIOLOGIE UNIVERSELLE

1 vol. in-12 de 420 pages, 3 fr. 25 c., port payé.

DISCOURS ANNIVERSAIRES, (1873-1874)

50 pages d'impression. 10 centimes pris au bureau; 15 centimes en province

---

(Imp. Eugène HEUTTE et Cie, à Saint-Germain.

www.ingramcontent.com/pod-product-compliance
Lightning Source LLC
Chambersburg PA
CBHW061747180626
46818CB00006B/2785